KB145879

꿈꾸는 DNA

전경자 시집

QR코드 스마트폰으로 QR 코드를 스캔하면 시낭송을 감상할 수 있습니다.

제목 : 빛나는 별집
시낭송 : 박영애

제목 : 깊은 샘솟는 사랑
시낭송 : 박영애

제목 : 첫사랑
시낭송 : 박영애

제목 : 북극성
시낭송 : 박영애

제목 : 그리움
시낭송 : 박영애

제목 : 사랑비
시낭송 : 박영애

제목 : 외할머니의 여름방학
시낭송 : 박영애

제목 : 마음속 그림자
시낭송 : 박영애

제목 : 사랑의 영수증
시낭송 : 박영애

제목 : 사랑의 우체통
시낭송 : 박영애

제목 : 어머님
시낭송 : 박영애

제목 : 첫사랑 나를 웃게 만든다
시낭송 : 박영애

전체 시낭송 감상하기

시인은 자연을 이야기하고
시낭송가는 자연을 품었다.
글자는 날개를 달아 언어로 날고
소리는 자연에 눕는다.

시인의 말

열정이 나를 춤추게 한다.
태양이 심장을 뜨겁게 굽던 지난날 아쉬운 젊은 날 쉼 없이 보낸 날들은 심장이 뛰고 있었네.

유행가 가사처럼 해본 게 없잖아. 정말 하나도 없다는 건 정말 슬픈 노래였는데…

도전을 한다는 건 쉽지 않은 모습이었다. 시작은 엄두도 못 내고 해보지도 않고 꿈을 접어두었던 지난날의 파랑새 꿈 많았던 난 이제 주문을 걸고…

시작이 반이라고 할 때 남겨진 절반의 꿈.
꿈은 이루어진다는 기적이 꿈은 현실이 된다는 이야기를 웃으면서 할 수 있기에…

인생의 꽃 같은 날에 잡초처럼 자리를 잡은 정원에 꽃처럼 피어난 장미는 아니지만, 이제야 꽃향기를 피워본다.

시인 전경자

* 목차 *

봄을 기다리며 8
소풍 길 9
동그라미 10
길을 잃은 걸까 11
플랫폼 앞에서 12
마지막 실루엣 13
빛나는 별집 14
아침이슬 15
깊은 샘솟는 사랑 16
봄이 오는 길 17
별이 빛나는 밤 18
우리는 낀 세대 19
그대는 모르리 20
민들레꽃 21
뒷동산에는 22
사랑의 성장통 23
사랑의 유효 기간 24
인연을 놓치지 말아요 25
하얀 나비 26
하얀 조가비 27
첫사랑 28
부끄러운 입술 29
멀어져 간 사람 30
아우성 멈추어다오 31
조건이 없는 사랑 32
관계를 지우고 33
사랑의 비타민 34
내 마음에 푸른 신호등 35
보이지 않는 사랑 36

* 목차 *

말 없는 휘파람 소리 37
꿈꾸는 군고구마 38
둘이 걸어요........ 39
봄이 오는 소리........ 40
봄나들이 41
삶이 지칠 때 42
북극성........ 43
그리움 44
사랑비........ 45
이혼했지만 가족인 이유 46
우리 가족 동물 이야기 47
외할머니의 여름방학 48
게임 49
사랑인 듯 아닌 듯 50
파란 낙엽은 어디에선가........ 51
십자성 52
흔들리는 나뭇가지 53
베이비부머 54
두물머리 55
고독한 인생 56
편견 57
마음속 그림자........ 58
비........ 59
인연 60
수선화 61
어름 지치기 62
그대는........ 64
빨리 변하는 모습에 난 65
그리움 66

* 목차 *

나를 찾아 떠나는 여행 67
마음속에 재회.. 68
차 한 잔에 내 마음을 담고........................ 69
한 편의 시를 마음에 쓰며 70
사랑의 영수증.. 71
추억 어디쯤 72
푸른 달빛 아래 동백꽃 73
흔들리는 청춘 74
돌아오지 않는 메아리 75
이름 모를 바람이 분다............................. 76
사랑의 우체통.. 77
순수한 첫사랑 그때처럼........................... 78
꽃 피는 봄날 79
철부지 첫사랑.. 80
상처 81
우산 82
미운 사랑 첫사랑 83
아름다운 아가야 84
찔레꽃이 피었습니다 86
무궁화꽃이 예쁘게 피었습니다 88
사랑을 느끼면서도 90
찻잔에 멈춰선 시선 91
가을사랑.. 92
빨간 우체통 93
그리움만 쌓이네 94
하늘색 꿈 95
어머님 96
저물어가는 인사동.................................. 97
보이지 않는 사랑 98
슈퍼맨 코로나 99

* 목차 *

잊어야 할 첫사랑 100
바람 부는 교정에서 101
사랑을 속삭인다 102
수상한 파트너 103
나는 나의 주인이 되어 104
아메리카노 105
내일이면 106
그대 있으매 107
밤 벌레 108
사랑은 꽃동산에 109
마음이 가는 길 110
첫사랑 나를 웃게 만든다 111
꽃동산에는 112
하늘 바람꽃 113
오는 봄 가는 봄 114
아침 이슬 115
석양을 따라서 116
사랑이 저만큼 서성일 때 117
내일이면 용기를 내어 볼까 118
푸른 소나무 119
사랑이라는 120
파도 121
싱그러운 여름 122
똑같은 하루 123
삶을 충실하게 124
사랑은 저만큼 125
바닷가에 추억 126
그리움 127

봄을 기다리며

봄을 따라 나의 마음이 따라
겨우내 잊어버린 너를 잊고 있었네
지쳐버린 가지에
얼어버린 나의 사랑이

지금쯤이면 눈을 비비고 깨어날 때
그때 나는 무엇을 해야 하나
가는 세월 속에 묻어
오는 봄에는 주인공이 되어
시작하면 되리라

봄이 오면 우리들의 세상
꽃이 되고 잎이 되고
너의 눈 속에
너의 가슴속에 파고들어 꽃을 피우리라

소풍 길

인연이라는
청춘은 아름다워

그대 눈 속에
빛나는 앵두 입술

인생은 소풍 길
잔디밭에 곱게 피어난 한 송이
곱고 고운 백합화여라

연보랏빛 순정
그대 가슴에 피어나는
하얀 얼굴 미소를 사랑하리라

동그라미

산뜻한 하루의
기운을 받아서 자신감을 가질까

우쭐대다가 풀이 죽어
죽은 듯이 숨죽이네

인연이라는 쓰라린 상처를
달랠 수가 있을까

진실이 아우성치고
조각조각 난 아픈 기억에

호흡을 가다듬고
늘 마주하는 일상을 마주한다

빈자리에 그리움이
동그라미를 그린다

나그네 마음
무지개와 마주 앉아 속삭인다

길을 잃은 걸까

언젠가부터 점점
당신의 미소를 지운다

그대는 사랑인가
그대는 친구인가

커져만 가는 마음이
흔들리는 청춘 열차에

마음 졸이고 가슴앓이하는
친구라서 아픈 것일까

나중이면 안 되는 사랑이라서
아픈 것인가
친구라는 것이 더욱더 아프고 아프다

널 사랑하기에
사랑해선 안 될 사랑 잊으리라

플랫폼 앞에서

그대 떠난 지 오랜 플랫폼 앞에서
떠나지 못한 그리움의 눈물이 방울방울

가슴속에 파장을 일으키고 있어
너를 잡지 못한 빛바랜 빈 의자에
어제처럼 이슬이 맺힌다

기척 없는 너의 흔적
더듬어 찾아 헤매고
추억 속으로 떠나간 너를 행여 만날까

마지막 실루엣

핑크빛 술잔엔 위험한 미소
내 마음 전하려 해도
내가 아닌 노란 거품이
찰랑찰랑 너를 마신다

쓰디쓴 포도주 술잔에 취하면
달콤한 시간도 취한다
당신과 나의 빈 잔 속에는
너로 가득해

지워지려나 잊히려나
사라지지 않는 너의 이름
잊어야 할 너였음에

잊어야 할 감정이 남아
그리움을 달래려 오늘따라 빈 술잔엔
당신은 미소를 짓지만
사라지지 않는 마지막 실루엣 그대

빛나는 별집

밤하늘에 수놓은 별빛
흑백의 추억들을 그리워한다

총총하게 수놓은
이 내 사연 어스름한 새벽하늘에
뿌려지고 있는 고요한 밤

잠들지 못한 서러운 밤
무심하게 지나가지만
적당히 살아갈 삶이 아프다

지나는 별빛 따라
멀어져 간 대답 없는 그림자
답을 찾는다

내일이 와도 외롭고
슬픈 현실이지만 침묵 속에서 너와 나
저울질한다

제목 : 빛나는 별집
시낭송 : 박영애
스마트폰으로 QR 코드를 스캔하면
시낭송을 감상할 수 있습니다.

아침이슬

외롭고 쓸쓸한 아침
소낙비가 세상을 세척을 한다
내 마음도 세척을 할까

동글동글 빗방울
이정표 없는 들판에 세상 이야기
주고받는 것들에게
퐁당퐁당 빠르게 빠진다

우리들 곁을 떠나지 못하고
파장을 일으키고 창문을 두드린다
너를 떠나지 못하고
파장을 일으켜 놓고 있다

깊은 샘솟는 사랑

두근두근 짝사랑은
손가락을 걸지도 못하고
숨겨왔던 짝사랑
감추고 있었던 짝사랑은 이렇게 아픈지

한숨 속에 멍드는 사랑은
마음이 시키는 대로
깊은 곳에서 샘솟는다

생각할 여유도 없이
멀어져 간 운명이 너덜너덜해
시간은 그렇게 흐르고

버리지 못한 통곡이
너는 별에서 나는 달에서
블랙홀로 빛을 타고 흐른다

제목 : 깊은 샘솟는 사랑
시낭송 : 박영애
스마트폰으로 QR 코드를 스캔하면
시낭송을 감상할 수 있습니다.

봄이 오는 길

미세먼지 때문이라고
핑계를 대지만
그 따듯한 봄이란다

깊이 잠든 겨울은
소산을 내지 않는 들판 무정하게
외면을 하나

봄볕은 따뜻하지만
오매불망 생명의 탯줄을
부여잡고 있었다

메말라버린 감정들 속에
초록의 싱그러운 시간
봄날이 사랑이라는 기적을 따라
나의 마음을 옮겼다

봄날 햇살이 싱그러운
감성을 자연스럽게 옮긴 걸음에
해맑은 아이들의 웃음소리가
우주를 돌고 돌아 행복한 하루는
아이들과 함께한다

별이 빛나는 밤

별이 빛나는 밤
아름다운 유리 벽 안에
담긴 추억이 빛난다

사랑의 행진곡이 흐르는
우주 안에 그대와 나

사랑의 방정식을 구하며
당신과 함께 하는 여행 온 지난날들

이대로 떠나야만 하는가
떠나야 하는 이유가
어떤 의미도 아닌 것 같아

우리는 낀 세대

그윽한 눈빛 속에는
함박 웃음꽃이 피어난다

행복한 시선들 벙글거리며 지나가는
행복한 간이역

선배님들의 깊은 생각 깊은 곳에서 나오는 카리스마가
부러워지고

또한 후배 님을 볼 때면
샘솟는 지혜가 나를 돌아보게 한다

서로 다른 길 다른 환경
성장 과정이 만들어낸 우리는 낀 세대

우정은 우아한 비밀정원에
고급스럽게 빛난다

그대는 모르리

어디로 가는지
밤하늘 별들이 행진하는 밤

빼꼼히 고개를 내미는
보름달 옆에

시샘하는 구름 사이로
별들을 숨기고 싶은 이내 맘이어라

잊어야 하는 슬픈 곡조를
그대는 모르리라

민들레꽃

조그마한 하얀 깃털
무관심 속에 사랑이 머물렀습니다

민들레꽃 사이로 들어온 햇살
어디에 숨길까요

멀리 날아가고픈
마음을 붙잡아

사랑의 향기를 가득 담아
예쁜 그림을 그립니다

뒷동산에는

뒷동산에는 지금 꽃이
한창이겠지
어떤 모습으로 준비했을까

시간이 지나면서
새로운 것에 부딪히며
나를 미소 짓게 하던 봄날

따뜻한 모습들이
좋아하는 것들과
잃어버린 너를 지우지 못했고

가슴속에 피우지 못했던
불씨를 남겨둔
당신과 불씨를 피우고 싶다

사랑의 성장통

사랑은 아픕니다
나누기 사랑
더하기 사랑
곱하기 사랑 빼기 사랑 중에

미운 정 고운 정 담았던
깊이를 잴 수가 없는데
지나간 시간은 멋진 아름다운
추억으로 남겨둘게요

사랑의 성장통 왜 그렇게
아파야 했는지
세월 따라 변해가는 중심이
나도 너도 변해가는 삶

망각처럼 변명처럼
잊힌 이유가 어느 날
자리 잡게 되었습니다
젊음의 노트는 ~~

인생은 뷰티플
날씨도 오케이

사랑의 유효 기간

잊어야 할 믿기지 않은
사랑의 유효 기간
행복했던 시간들
어느 사이 유효 기간이 되어가고
아쉬운 눈물을 삼킨다

소중한 나의 사랑
빛나는 순간에
안타까운 현실이 슬픈데
이젠 유효 기간이 되어버렸다

가버린 시간
호락호락하지 않은 전쟁 속에
발견한 중요한 가치와 가치를
오늘도 난 주문을 건다

인연을 놓치지 말아요

아름다운 무지개가
철학에 노크를 한다

두드리는 인연을
놓치지 않고 싶은데
대답 없는 메아리 되어 퍼진다

핑크빛 사랑은 낯선 곳에서
빛나는 지금

그대에게 노크한 사랑
그건 거짓이었나
그대를 사랑했던 날들

하얀 나비

소심한 나
그 무엇이 나를 소중하게 만들고
소심한 사람 소박한 일상
생활이 너무 힘들고 버거웠던 세월 속에 날개가 꺾인 나비

푸른 하늘을 이리저리 맘껏
날아가고픈 하얀 나비의 마음을
붙잡아 놓는다

춤추는 나비는 구름 타고 훨훨 날아
세상 끝까지 그대와 함께 떠나가는 길
노란 민들레꽃 사이로 들어온
눈 부신 햇살 아랫집을 짓는다

하얀 조가비

붉게 물든 석양을 바라보며
휘파람 불던 소녀

마중 나온 푸른 달빛 아래
갈래머리 소녀를 아시나요

반짝이는 눈동자
갈대밭에 부서진 추억들을 줍고 있는
내 맘 알까

눈부신 하얀 조가비의 첫사랑
모래밭에 파도가 흔적을 찾아
밀려드는데

부서진 물보라만
맴돌고 있네요

첫사랑

아련하게 떠오르는 첫사랑을
잊지 못한 그리움에 찾은 바닷가

나 대신 소리 내어 울어주는 갈매기
내 마음을 아는지 소리친다

파도가 밀려오는 모래밭에
묻어둔 너와의 사랑
가슴에서 파도칠 때

인적 없는 백사장
등대 아래 둘이서 걷던 바닷가에
잃어버린 너를 찾는다

이루지 못한 첫사랑
조각난 너의 그림자
눈물짓고 있다

제목 : 첫사랑
시낭송 : 박영애
스마트폰으로 QR 코드를 스캔하면
시낭송을 감상할 수 있습니다.

부끄러운 입술

인사를 건네는 세상 이야기
부끄러운 입술로 페이지를 연다

너라는 정답을 알게 된 날
작은 우주를 돌고 돌아

파도 속에 속삭이는 그대
잊을 수가 없었다

뜨거운 태양이 심장을
뜨겁게 달구고 홀연히 사라진다.

멀어져 간 사람

아침 미소 눈짓에
사랑이 쑥쑥 자란다

멀어지는 친구들
시시때때로 흐려지는 성난 도시에

애절한 눈망울
나도 모르게 실어 보냈던 그리움이
알 수 없는 그림을 그린다

구름 따라 달님도 세월도
시간도 그렇게 흐르고
별님은 내게 속삭였다

등잔 밑으로 흐르는
시간의 무거운 무게를
이길 수가 없다

아우성 멈추어다오

신과 함께 북극성을 따라서 온
은하수 푸른 밤
오리온 별자리 깜빡거리며
길잡이 역할을 하곤 하지만
지구를 돌면서 지쳐버린 별님

지구는 지금 아픕니다
토네이도 바람이 몰아치는
널브러진 들판에
아우성치는 돌연변이가
세상을 지배하고 있습니다

나의 천사여
사람을 살리는 길을 알려주세요
신이시여
아우성치는 소리 멈추어 주소서

돌연변이를 깊은 잠 잘 수 있도록
최면을 걸어주세요

조건이 없는 사랑

차이 나는 클래스
슬픈 베아트리체 첫사랑
고결한 사랑 문학으로 가는 소녀를
언제나 설레게 했고

출렁이는 술잔엔
위험한 사랑이 어둠을 깔아놓고
별빛 친구 삼아 깊어만 가는
풋사랑 철학에

답 없는 진실 흐느끼는 천상의 재회
현실을 빌려주던 연옥을 찾아
아직도 그리운 가객
흩어진 너의 공식 나의 공식
밤안개에 묻힌 영혼들을 사랑했다

관계를 지우고

외로운 전통 사이에서
상객이 높으니 집 떠볼 수 없어

관계를 지우고 용기 속에
우뚝 솟아올라
바위가 조약돌이 되나 보다

오뚝이처럼 서로의 아픈 사랑만
오르락내리락 힘들고 힘든데
상상의 편지를 쓴다

사랑의 비타민

하얀 나비 노랑나비
춤추는 들판에
사랑의 씨앗이 날아

키 작은 채송화
키 큰 해바라기
봄바람에 춤을 추네

내 마음도 잡아줘
아리랑 쓰리랑
발병이 나기 전에

임의 사랑
십리도 못 가고
발병 나기 전에 나 좀 일으켜 줘

내 마음에 푸른 신호등

생각들로 가득한 눈빛이
꼬리를 물고 질문하고
판단하고 있는 신작로

네거리에 신호등은
빨간색, 파란색, 노란색 신호등 모여서
교통정리를 하네

엇갈린 잣대
감정들이 내면의 속에서
하나하나 줄 세우고

까칠한 잣대는 각자의 방법과
형식으로 선택하고
나를 판단하고 있었네

너와 나 마음속에 재회는
차마 하지 못한 진심이
맘속에서 깜빡이는데

헝클어진 머리처럼
엉켜버린 아픈 기억도 슬픔도
네거리 신호등 따라 멈춘다

보이지 않는 사랑

시간은 화이트홀과 블랙홀
성난 도시로 빠져 돌고
변해가는 도시를 헤매는 이방인
그대에게 온기를 전합니다

보일 듯 보이지 않는
세월을 잴 수 없는 무게가
너와 나 가슴속에
빠르게 빛을 타고 흐르면

거울 속에 비친
낯선 여인의 창가에
보낸 숱한 세월이
심장 안에서 수를 놓는다

말 없는 휘파람 소리

사랑의 미로에서 길을 잃은 걸까
용광로에 불은 활활 타오르는데
희뿌연 기억 잊힌 사랑이 애타게 하며
쓸쓸한 그 길로 걸었다

내 하나의 사랑
너 없는 들판에 눈 감아도 들려오는
휘파람 소리
아련하게 떠오르는데

기약 없는 꿈을 꾸는
거리마다 화려한 불빛은
휘파람 소리를 사랑하고 있다

그대 잊은 눈동자
갈대밭에 서성이는
휘파람 소리를 사랑을 했을까

꿈꾸는 군고구마

오늘도 미세먼지가
나를 쓸쓸하게 한다

지나가는 그 길목을 따라서
발걸음 재촉하는데
저만치서 냄새로
코끝을 유혹을 한다

손수레 위로 흐르는
하얀 연기 속에
검은 빵 모자를 쓴 아저씨
정성 들여서 고구마를 굽는다

노릇노릇하게
익어가는 군고구마는
누구를 기다리며 익어갈까
선택의 여지가 없이 빠져든다

둘이 걸어요

얄밉게 떠난 임
곱고도 고운 임
나를 잊으셨군요

내게 다가와요
기다릴게요

날갯짓하는 사랑 앞에
날개를 달아주세요
당신 곁에 갈 수 있도록

세상이 아름다운 건
봄에 태어나는 당신이 있었기에

봄이 오는 소리

봄날이 발견한 행복한 봄날에
모든 생명은 축복 속에 태어난다

봄이 오면 꽃들이 가득해진 이 거리
어깨를 활짝 편 목련꽃 아래
소풍도 가고

진달래 동산에
개나리꽃 수줍게 웃고 있는
이 거리에 우리 같이 걸어요

봄나들이

봄바람 불어오면

사치스러운 하루

봄 처녀에게 선물하려 하오

봄이여 어서 오라

곱고 고운 너에게 고백하리라

봄바람에 춤추는

싱그러운 잎사귀 쓰담쓰담

봄이여 그때의 숨겨놓은

보랏빛 향기

쉬이 마르지 않게

잎새 뒤에 저장해 주오

삶이 지칠 때

나를 초대한 삶
심장이 내려앉아도
충실하기로 했습니다

이런저런 생각들로
핑계를 대고 있었습니다

이젠 더는 피하지 않겠습니다
이제야 깨달았습니다
소중한 나인 걸 알게 되었습니다

북극성

시간이 흘러가도 너를 기억해
별빛이 반짝이는 빌딩 숲 가가호호
소곤대는 정다운 이 거리

칼바람에 옷깃을 세우는
은하수 옆에서 고개를 내미는
고운 달그림자

먼발치에서 북극성이 멈춘
길모퉁이 수은등 아래
그림자 하나

저 하늘 달집 설움을 토해내고
나는 서러운 눈물을 삼킨다

제목 : 북극성
시낭송 : 박영애
스마트폰으로 QR 코드를 스캔하면
시낭송을 감상할 수 있습니다.

그리움

떠도는 조각구름 자연을 벗 삼아
들로 산으로 가출한 영혼들

바다로 떠나간 마음을
밤이슬이 붙잡는다

잃어버린 영혼을 기억이나 할까
시간이 가도 가슴에 이슬비가 내린다

오늘도 난
조각난 그리움을 줍고 있다

제목 : 그리움
시낭송 : 박영애
스마트폰으로 QR 코드를 스캔하면
시낭송을 감상할 수 있습니다.

사랑비

사랑은 비가 되어
앞섶을 적시고 멀어져 간 사람

가버린 애달픈 사랑은
가슴속에 숨결 타고
잊은 줄 알았는데

그 설렘도 두근거림도
떨리는 입술만 남기고
너와의 사랑 가슴에 추억으로 묻었다

밀려드는 그리움이 어두운 밤
주마등처럼 수은등 불빛 속으로 빠져든다

제목 : 사랑비
시낭송 : 박영애
스마트폰으로 QR 코드를 스캔하면
시낭송을 감상할 수 있습니다.

이혼했지만 가족인 이유

가족이란 울타리 안에 담긴 부부
이혼했지만 가족인 이유
자녀들에게는 여전히 아빠이고
엄마이기 때문이다

이유가 무엇이든지 간에
지나간 흔적들
눈에서도 마음에서도 멈추어버린
식은 감정들 너머로
아련하고 버거웠던 세월이란 시간표

괜찮지 않았지만 괜찮은 지금은
사소한 일이 되어버려
소소한 감정 하나둘씩 모여서 바꾸는
일상생활 속에
지금은 웃음이 담장을 넘는다

우리 가족 동물 이야기

우리 아빠는 호랑이
화가 나면 무서워서
내 마음이 두근두근

우리 엄마는 고릴라
친절하기도 하고
무섭기도 하고
하지만 내 편인 엄마

우리 오빠는
장난꾸러기 원숭이
재미있기도 하고
나를 화나게도 하지

나는 토끼
우리 집 귀염둥이로..
아빠를 행복하게 하고
엄마를 즐겁게 하고
하지만 오빠는...

우리 가족 웃음소리
하하 호호
나는 행복한 토끼

외할머니의 여름방학

실고추처럼 가는 초승달 아래
별들이 졸린 눈을 비비는
밤하늘

정다운 외할머니의 옛이야기 보따리는
엄마 어릴 적 이야기로
밤하늘을 수놓는다

달그락달그락
할머니의 입김 돌담 틈새를
비집고 들어온 솔바람

머리카락 사이로
할머니의 거친 손이 토닥토닥
북극성을 재우고

어둠을 돌돌 말아
새우잠을 청하는 이 밤에
배고픈 초승달도 함께 잠들어 간다

제목 : 외할머니의 여름방학
시낭송 : 박영애
스마트폰으로 QR 코드를 스캔하면
시낭송을 감상할 수 있습니다.

게임

일방적인 게임
무서운 현실
정답은 어디에서 찾아야 하나

부정부패 속에서
진실이 아우성치고
무승부 시소게임 이긴 자와 진 자는
양쪽 다 지친 게임

플러스도 알파도 없는
고장 난 시곗바늘은
어느새 멈추어 있다

사랑인 듯 아닌 듯

사랑도 우정도 아픔도
인생의 동반자이며
꿈 많았던 친구였습니다

저마다 서로 다른
엇갈린 빠른 문명의 교체 속에서
메말라 버린 감정

몸부림 속 사랑도 우정도
돌이킬 수 없는 나는
숨이 멎을 것 같아 파르르 떨린다
시월의 숨결이 그대 안에서...

파란 낙엽은 어디에선가

이 거리는 붉은 낙엽이
분주하게 잔치 중인데
얄미운 빗방울이 파장을 일으키고
모락모락 피어오르는 물안개가
바람난 그 마음을 적신다

잊힌 너와 나
희미한 기억 속에 남아있는 것들은
빛바랜 사진첩에 자고 있는데
감추고 있었던 너를 찾지 못해
세상에 풀어 놓고 있다

구질구질한 것들
햇살 아래 말리고
메마른 잊힌 그때의 감정
빗방울 사이로 오가는 길

십자성

반짝이는 푸른 밤
십자성 눈매를 가진
당신을 잃어버리고

뜨거웠던 입술
내 품 안에서 빛나는 시간
의지까지 없는 너는 싸늘하게 식어

멀어지는 너의 사랑
심장 소리가 나를 찾았다

돌아올 줄 모르는 세월
허공에 부서지고 혼자 방황하는 너

흔들리는 나뭇가지

차가운 바람이 스치는 풀숲
떨어진 낙엽이 잠시나마
쉬었다가 가면서

긴 기다림의 끝에 단비가 오듯이
갈증을 느끼는 순간
나도 모르게 울컥하는 것을
잊을 수 없는 것 같아

나중이면 안 되는 외로운 사랑이
더 강하게 다가와 멈출 수 없는
지쳐버린 가슴속에 멀게 느껴지는
출렁이는 빗물 소리

오고 가는 인생을
매일매일 느슨하게 우주까지
동행하는 길
당신 곁에 그대의 비밀이 담긴 기억

나의 추억이
오래된 한 장의 흑백 속에
시처럼 내려앉아
꽃처럼 삶을 저장한다

베이비부머

세상을 배우고 살아도
잘 몰라서 그런지
힘들다고 투정을 부리고 살아온 삶

베이비부머
슬퍼도 아파도 웃으면서
강한 척 살아온 삶이 거짓이었나

혼자 덩그러니 앉아
빈 노트에 쓰는 비망록

고독한 삶의 의미를
이젠 놓을까 묻지 않으련다

두물머리

칠흑같이 어두운 밤
두물머리에는
별빛이 듬성듬성 깜빡이는데

졸린 눈을 비비는 달빛
반짝이는 빌딩 숲 가가호호

별빛 같은 눈동자 호롱불 켜고
서로의 안부를 묻는 사연도 가지가지

이 밤이 지나고 나면
잊히려나 지워지려나

고독한 인생

바쁜 세간살이에
변해가는 건 나뿐인가
그 가치와 가치를 어디에 둘까

아름다운 거래는 머나먼
미래에 남겨둘 유산이기에
고독한 삶의 완성을 똑딱거리는
시간이 말해줄까

희망가를 즐겨야 하는 21세기는
쉬지 않고 그대와 나의 가슴에
불을 지펴 놓고 있네요

편견

우리는 생각들로
천 가지 만 가지의 생각들로
함께 공존하는 삶 속에서
각자의 충실한 멋진 모습으로
살아가고 있습니다

누가 누구를 탓하는 일은
있을 수가 없겠지만
그래도 가끔은 이런저런
생각을 할 때가 있습니다

나도 내가 좋아하는 사람들하고만 어울리고 있는지 모르겠지만
혹시라도 편견을 가지고
사람들에게 다가서는 것은 아닌지
관계 유지가 서툴러서일까요
그렇다면 슬플 것 같네요

마음속 그림자

지워지지 않는 그때처럼
어디를 가든 어디에 있든
나를 지켜보는 그림자는
짜인 프레임 안에 제멋대로
생각을 가득히 담아서
나를 만들고 있다

가슴속에 남긴 작은 사랑은
흔적으로만 남아있지만
그가 간직한 눈 속에 이야기는
늘 서늘하게 하고 있는
쌀쌀해진 이 길목에서
들꽃에게 사랑하는 방법을 배운다

피고 지는 잡초이지만
무한정인 조건 없는 사랑인 것을
우리는 모른다

너나없이 조건만 따지고 있듯이
부끄러운 사연 속으로 사라져
저만치 흐르는 흰 구름 사이로
붉은 노을을 닮은 석양이 휘감고
강한 떨림 속에 묻힌다.

제목 : 마음속 그림자
시낭송 : 박영애
스마트폰으로 QR 코드를 스캔하면
시낭송을 감상할 수 있습니다.

비

소리 없이 흐르는 빗방울은
촉촉하게 하루를 적셔놓고
마음까지 적신다

그때는 그 무엇을 놓았을까
괜스레 우울한 나는
나를 잡으려 한다

내 마음을 잡아야 하는 이유는
묻지 않으련다
흐르는 빗물 따라 보이지 않는 사랑이 흐르고 있기에

인연

우리 마음의 무지개 따라
세상을 배우고
배려하는 삶

일곱 빛깔 무지개 꿈을 꾸며
삶을 충실하게 살아온 나날들

소중한 인연 행복한 시간 보내며
그 사랑을 함께 나누는
동반자가 되고 싶습니다

수선화

곱게 단장하고
그대 곁에 가리라

오늘은
오늘만큼은
그대 생각하려고

해 불어오는 바람에
나도 모르게
심장이 뛰어넘어

어름 지치기

알고 있었을까
처음부터 우정인 듯 아닌 듯
뜨거웠던 친구의 열정
속마음 얼마나 헤아렸을까

추억 속의 소녀도
어디에선가 백발이 되었겠지
지금도 그때처럼 음악을 좋아할까
나처럼 그 누군가의
해바라기가 되었을까

세상살이에 치이고 지쳐
치솟는 열정 불태우지 못하고
일찌감치 놓아버린 꿈
기다려도 오지 않았던 기회는
언제쯤이면 내게 돌아올까
기억 저편에 숨겨두었던 생각을
백발이 성성한 이제야 깨운다

얼굴 한 번 본 적 없지만
같은 꿈을 꾸는 인연으로
오래된 친구처럼
생각을 공유하고 소통하며
잃어버린 너를 찾는다

옆에 오래 두고 싶은 친구들이
나의 꿈을 칭찬하며 응원한다
텅 빈 공간으로 시가 돌아왔다

그대는

아쉬움만 가득한 이 거리에
달빛 조각 하나 눈물짓고

저 하늘 별빛이 품고 있는
아련한 그리움

달빛 그림자 남겨진 사랑이
은하수 되어 나를 달래준다

빨리 변하는 모습에 난

너무도 빨리 변하는
세상의 한복판에
내가 서 있다

빠르게 흐르는 시간
삶을 격랑에 빠지게 하고
때로는 난파선 같은 운명을
거부할 수도 없게 한다

세상은
나를 더욱더 힘들고
아프게 만든다

세상의 한복판에
흐려지는 쓸쓸한 달빛 아래
나는 홀로 서 있다

그리움

너무나 그리운 그 사람은
나를 잊어버렸나

그 사람은
어디에 살고 있을까

그 사람은
나를 기억이나 하고 있을까?

나를 찾아 떠나는 여행

인생길의 나그네는
무엇을 어떻게 이루고 싶은가?

나를 위해 무엇을 어떻게
하고 싶은가?

나를 설레게 하는 것은
또 무엇일까?

아직 해답을 얻지 못한
나를 찾아 떠나는 여행을
계속하고 있다

마음속에 재회

멀어지는 너의 마음을
심장 소리가 찾는다

돌아올 줄 모르는
아련한 세월을 보내고
너는 가버렸지

허공에 부서진 메아리 되어
혼자서 방황하는 넌
바람의 나라

차 한 잔에 내 마음을 담고

오늘도
따뜻한 차 한 잔에 마음을 담는다

내 삶에는 그동안
너무나 인색했었네

지나간 날들은 괜찮아
그래도 그동안 아파했던 마음
조금 쉬어가면 돼

쓰디쓴 커피 한 잔에
나를 찾았다

한 편의 시를 마음에 쓰며

세상살이에 지쳐
무거운 몸과 마음에
보름달이 붉게 떠 있다
내 마음의 달은
위태로운 초승달이 되어 울린다

한 편의 시를 마음에 쓰며
위로할 때마다
달빛은 반달이 되어 가더니
마침내 둥그런 달이 있었다
달 아래 잠든 나의 시의 씨앗을
세상에 심는다

사랑의 영수증

인생길 정거장에
사랑의 사용 명세서 영수증들

즐거움이 가득한 행복한 미소 가득한
영수증도 가지런히
추억 속의 빛바랜 사진첩 속에
배시시 웃는 무정한 영수증

구겨지거나 찢어진
소중하고 초라한 나의 영수증

힘들고 버거웠던
세월 속에 지나간 수많은 사연
인생사가 분주한 영수증

제목 : 사랑의 영수증
시낭송 : 박영애
스마트폰으로 QR 코드를 스캔하면
시낭송을 감상할 수 있습니다.

추억 어디쯤

당신이 차 한 잔에 추억을 마신다면
나도 그 옆에서 향기 나는 추억
한 잔 마시고 싶다

당신이 추억의 그 길을 걷는다면
나도 그 옆에서 추억의 길을
걷고 싶다

당신이 추억을 노래한다면
나도 그 옆에서 당신과 함께
추억을 노래하고 싶다

푸른 달빛 아래 동백꽃

앞서가는 달그림자
오르락내리락 쏟아지는
푸른 달빛 아래 떨어지는
동백꽃 잎이 마지막 춤을 추는 밤
밤하늘의 은하수도
마지막 춤을 춘다.

흔들리는 청춘

터질듯한 사랑
그 누구를 위해 만들어 놓았나
저 호수가 술이라면
한 잔 술에 취해 볼 텐데

반짝이는 두 눈동자
호탕한 웃음 웃어도 보고
뻐꾸기 울어대는 호수를 잠재우고
당신의 입술 술잔에나 담길까

앞서간 사랑 멈출 수 없는
이내 심장
에라 모르겠다

돌아오지 않는 메아리

그리움이 흐려지는
하늬바람 풀숲에 소리 내어
그 이름 석 자 부르는데

돌아오지 않는 그 이름 석 자
들리지 않는가? 그대
그대를 애타게 부르는데...

이름 모를 바람이 분다.

이제 백발이 되어 있는
나를 응원하련다

잃어버린 사람과 사랑
그래서 아픈 인생

먼지처럼 연기처럼
지나가는 바람이 전해주는
소식들은 추억으로 남겨둘게요

철이 지난 후 최선을
다한 발걸음 사랑하리라

사랑의 우체통

허전한 마음 깊은 곳에
빨간 우체통 하나
간절하게 그대의 소식을 기다리고 있는
빛바랜 빨간 우체통

말없이 오늘도 어제처럼
비가 오나 눈이 오나
곱게 접은 사연을 기다린다

분홍 봄날엔 꽃이 피는 길가에서
비지땀 흘리는 여름엔
초록 풀 파도 속에 가득 담은 그대는
이 거리에서 멈추었다

코스모스가 누군가를 설레게 하고
고추잠자리 춤추는 가을날에
사랑하자던 그대는
지금 어디로 가야 만날 수 있을까?

제목 : 사랑의 우체통
시낭송 : 박영애
스마트폰으로 QR 코드를 스캔하면
시낭송을 감상할 수 있습니다.

순수한 첫사랑 그때처럼

첫사랑 애달픈 사랑
사랑은 주기만 하는 사랑이라고
누군가 말합니다

첫사랑은 수줍게도
함박웃음 웃어주었고

첫사랑인 사랑은 무조건
사랑하는 거라고 합니다

꽃 피는 봄날

꽃들이 가득한 이 거리를
화사하게 만들어 주는 너는 봄꽃

방글거리며 웃는 소리에
화들짝 놀라서 수줍게 웃는 그녀

처음인 것처럼
오랜만에 보는 친구들처럼 미소를 짓고

봄을 흑백 속의 나의 필름 속으로
사라진 이름 석 자

처음처럼 피어나
매번 돌아오는 봄이건만

지금과 같은 화려한
이 풍경들을 포장하고 싶다

예쁜 모습 곱게
보관하고 싶은 마음이 생겨난다.

철부지 첫사랑

사랑이 눈멀어
아무도 모르게 했던 불장난

그대는 늘 가슴을 설레게 했던
철부지 사랑
나이 들어 철들었다네

철이 지난 기억 속에는
어린 시절 저장된 추억이 미소짓고

그때 그 철없든 소녀 소년
이제 철이 들어 아들딸 낳고
웃으며 잘살고 있겠지

상처

잊어야 할 그 사람
소박한 첫사랑

첫눈을 따라 온다던 그대는
돌아올 줄 모르고 첫눈만 펑펑 내리네

내리는 하얀 눈 위에
모든 것들이 꿈이었나요

소복소복 쌓이는 하얗던 눈길 위에
그리움도 쌓이네

찻잔 속에 웃고 있는
그 입술은 거짓이었나

우산

울고 싶은데 비는 왜 오는지
우산도 없는데
내리는 비에 젖는 마음이 투정을 부리고
달려오는 버스에 비를 피한다

차창밖에 하늘이
너무 여유로운 것일까
조금 전까지 퍼부은 비는 시치미를 떼고
흰 구름이 산허리를 끌어안고

흘러내린 구름이
솜사탕을 만들어 내고
간절한 마음 생각들이
밀려드는 그리움들을 어쩌라고

아픔을 삼키고 울지 않으리
비를 보내고 당신을 향한 순서는
접으려고 마음이 애를 쓴다

미운 사랑 첫사랑

사랑이라 말하지 않아도
그대 눈 속에 사랑이 가득합니다

사랑이라 말하지 않아도
가슴 떨림으로도 전해져 온답니다

서로 닮아 가는 사랑인 것 같은데
그대는 아시는지

등대지기 소녀가 쌓은 사랑을
그대는 멀리서 바라만 보고

모래밭에 하얀 첫사랑
파도가 밀려와 그대를 지우고 있습니다

아름다운 아가야

맘속 깊은 곳에 사랑이 자란단다
너를 담았던 그 시간
행복이란 선물

바로 너란다 아가야
잔잔한 가슴속에 꽃이 피고
입가에 미소가 번지고

눈앞에 어른거리는 아가야
눈에 익은 보름달처럼
할머니가 사랑한단다

네가 존재하는 작은 우주 안에
꽃보다 아름다운 아가야
이보다 더 아름다울 수가 있을까

너보다 예쁜 옷도
너보다 예쁜 꽃도 없단다
사랑하는 아가야

세상을 다 가진 것처럼
슬기롭고 지혜가 넘치는
아가야

행복하게 살아가거라
아가야 행복의 꽃씨를 심거라
고운 내 아가야

찔레꽃이 피었습니다

찔레꽃이 피면 온다던 그대여
찔레꽃은 이렇게 피었습니다

당신이 없는 이곳에
약속한 시각에 맞춰서
찔레꽃은 피었습니다

동네 한 바퀴를 돌고 돌아
당신의 흔적을 찾아보아도
오지 않는 걸음

기다리는 마음 서러운 눈빛
내일이면 찔레꽃이 떨어질까 봐
조마조마하는데

그대 발걸음은
그리도 더디게 오시나요
이 밤을 세우고 나면 오시렵니까

그대여

찔레꽃이 지기 전에 돌아와 주세요

내 마음속에 찔레꽃이

활짝 피었습니다

당신의 가슴속에

찔레꽃은 언제쯤 피시렵니까?

무궁화꽃이 예쁘게 피었습니다

친구야 오늘

하얀색 무궁화 꽃잎이

참 너처럼 예쁘게 피었다

사잇길 따라 바람난 마음이

봄 향기를 품고 떠난 꽃길

너와의 추억 기억들을

소환해서 소통하고

연인처럼 가슴속에 간직하고

담아놓은 그때 우리는 행복했었는데

서로 비비던 아름다운 날들

녹음이 병풍처럼 드리워지고

들길이 영글어 가는 계절

봄이 오면 싹이 나고 꽃이 피고

또 그렇게 일가를 이루고

푸르른 하늘 아래 둘도 없었지

자연스럽게 사랑하였지

아름답던 봄, 시원한 여름

행복했던 가을이 지나고

생각은 추운 겨울인데

분주한 백발이 황혼이라는 이름으로

머뭅니다

사랑을 느끼면서도

소중한 나는
나를 위한 무지개를 찾았다

나름대로 아름다운 시간을 보내며
책도 읽고 커피도 마시며
시장 구경도 한다

세상사 돌고 도는 삶의 현장
화려한 불빛에 가려진 쇼윈도 마네킹이
슬픈 척 웃으면서 서 있다

찻잔에 멈춰선 시선

비워진 찻잔 속에
그대 얼굴이 찰랑찰랑
그대와 나의 사랑이 가득해
차고 넘쳤으면 좋겠다

두근거리는 마음이
순수함 속에 눈을 뜨네
삶의 여백을 채우기 위해
이렇게 여기서 덩그러니 앉아…

가을사랑

가을이 오는 길목에서
코스모스가 사랑을 했습니다

바람이 흔들어도 오지 않는
그대를 부르고

무지개를 찾아 떠난 것을
알았는데

구름에 비친 나를
마실 나온 달빛이
말도 없이 지켜 보고

첫사랑 그대를
아직도 잊지 못한 나였습니다

빨간 우체통

마음속 그대에게
편지를 씁니다

빨강 우체통에
기다리는 임 소식은
언제쯤 오시나요

수많은 청춘 사랑 이야기
잊으셨나요
돌아오지 않는 그 사람

답장을 잊으셨나요
사랑을 잊으셨나요
아 나를 잊으셨군요

그리움만 쌓이네

밀려드는 그리움들이
석양을 따라서 가고
이제 발걸음을 옮기는데

멀다 않고 달려온다네
뒤로 남기고 떠나간 임
따라서 또 그렇게 지나간다

지우고 싶은 이유라도
알아야 할 텐데
누군가 그 길에서
당신을 찾아 헤매고 있어

하늘색 꿈

밀려드는 그리움들이
석양을 따라서 가고
이제 발걸음을 옮기는데
멀다 않고 달려온다네

뒤로 남기고 떠나간 임
따라서 또 그렇게 지나간다
지우고 싶은 이유라도 알아야 할 텐데
누군가 그 길에서 당당하네

어머님

엄마의 뜨락에 싱싱한 나무들
엄마는
물조리개로 골고루 물을 주신다

자랑스러운 엄마의 꿈
엄마의 뜨락에서
엄마가 해오시던 것처럼

나도 나의 뜨락에서
어머니처럼 어머니가 했던
그 기억 속에서

내 어머니처럼 똑같은
해바라기 사랑을 한다
사랑 바라기

제목 : 어머님
시낭송 : 박영애
스마트폰으로 QR 코드를 스캔하면
시낭송을 감상할 수 있습니다.

저물어가는 인사동

뉘엿뉘엿 하루가 저물어가는 도시 고즈넉한 공간 속에
투박한 걸음들

향기 나는 그리운 벗들 함께
때 묻고 해묵은 추억이 쌓인 인사동

골목에 지나가는 취객 사이로
버스킹 하는 은행나무 아래로
얼마 안 되는 관중들

동선 아래에
너랑 나랑 주저앉아
설움으로 토해내는 시심 밭에
영혼들은 한잔 술에 상상 속으로 빠지고

허름한 카페 분위기는
돌아가는 불빛이 토해내는
술잔을 따라서

나를 비우니 찻잔인지 술잔인지
가는 정 오는 정
붙잡고 싶은 그대여라

보이지 않는 사랑

따스한 봄볕 안에
뜨거운 사랑은 야위어만 가고
노을 속 사랑은
그리움의 탑만 쌓고 있네

추억의 프레임 안에 담긴
목석같은 그 사람은 입술만 뜯고
당신의 눈망울
그리고 숨결이

솜털처럼 파르르
유리 벽 안에 갇힌 사랑
지금이 아니면 안 될 것 같은데

무정한 사랑을 했네
호롱불 켜놓고 기다리는
오두막집 마지막 순애보여라

슈퍼맨 코로나

불타는 슈퍼맨 코로나가
지구를 포획하고 불타오른다
우리들의 인생사가
보이지 않는 미래의 슬픈 현실을 이야기한다

생명을 위협하는데
우리는 무엇을 어떻게 해야 할지
손에 손잡고 풀어야 할 과제
문제와 숙제가 버겁고 힘들다

하지만 포노샤피엔스 시대의
위대한 DNA들

너와 나
우리가 모두 지켜야 하는
하루하루를 서로서로 빌려주고
채워놓고 하다가 보면
좋은 날이 이 와중에 찾아오겠지

꼭 올 거야 조그만 기다리면

잊어야 할 첫사랑

잊어야 할 사람
지워야 할 사람
그림자도 지우렵니다

그 사람 기억도 아픈 사랑도
당신이라는 이름 도
지우렵니다

그대 흔적도 지우려 합니다
아무것도 남기지
안으렵니다

멀어져 간 첫사랑
미운 정
고운 정 담았던
그 사람 이제는 잊으렵니다

바람 부는 교정에서

열정을 불태우는
뜨거운 여름이 방학에 들어간다

함께했던 동기님들
초롱초롱한 눈망울들

반짝이는 교정에서
백발이 된 나를 설레게 했고

주름치마 양 갈래머리 소녀는 아니지만 설레는 웃음소리가
메아리친다.

사랑을 속삭인다

타오르는 햇빛은

창밖에 하늘을

파란색으로 덮어놓고

투명한 유리병 안에서

애틋한 눈빛으로 사랑을 한다

산들바람이 난리가 났어요

하얀 나비구름

하늘 공원에 짝을 찾아 헤매고

온종일 애타는 마음으로

인생 최고의 사랑을 한다

수상한 파트너

수상한 바람이 분다
이름 모를 소녀에게

고운 꿈 하나둘씩 모여서
알알이 영그는 들판에
거세게 바람이 분다

바람을 피해
바위 뒤에 숨을까

당당하게 바람과
싸울까?

나는 나의 주인이 되어

언제부터 진달래 동산에 잡초는
주인 되어 하나둘씩
꿈나무 키웁니다

삶과 인연이라는 과제에
큰 의미와 가치관을 가지고
시작한 프로젝트

꿈을 꾸는 잡초는
나무처럼 꽃처럼
바람에도 당당하게 자란 풀포기
잡초가 나인 것을 알게 되었습니다

소중한 나와
소중한 인연들
사랑하지 않을 수 없답니다

아메리카노

인적없는 노천카페엔
진한 커피 한잔 앞에 놓고
산새 들새 노래할 때

단장하고 나온 노랑나비
그윽한 눈빛으로
사연을 묻습니다

햇살 아래
바람 불어 좋은 날이라고
말을 하고 싶은데

할 수가 없습니다
괜찮지 않습니다
힘들고 아픕니다

바람이 전하는
말도 아픕니다
가슴이 시리도록 아픕니다

내일이면

내일이 오면
잠자고 있는 꿈을 깨우겠습니다

고요한 이 밤에
다시 한번 꿈을 꾸겠습니다

고운 임 꿈을 노래하던
파랑새 되어

그 숲에
잠자고 있는 꿈을 깨우겠으니

고이 간직한 많은 꿈
지난날의 아픈 기억도 슬픔도
다 애틋하답니다

그대 있으매

운명 같은 사랑 앞에서
멈출 수 없었는데
이제는 잊어야 할 사람

한둘씩 지우고 싶은 추억
너를 비우고 있는 뜨락에서
겹겹이 쌓인 뭔지 모를 이유가
마음을 타고 쓸어내린다

밤 벌레

어두운 밤마실 나온 달빛이

애닮은 소리 따라서

푸른 밤에

뭐가 그리 선지

별을 세며

뒤척이는 밤

흐르는 은하수에 묻혀든다.

사랑은 꽃동산에

당신은 어디에 있는지
진달래꽃 개나리꽃
흐드러진 꽃동산에 나만 남겨두고

노란 개나리
너울 춤추는 꽃잎 사이로
흔들리는 그 마음을 붙잡아 놓는다

오는 봄
가는 봄
아쉬운 맘이어라

마음이 가는 길

가는 것도 내 맘대로
오는 것도 내 맘대로
꼭꼭 묶어둔 흔들리는 솜털의
눈물을 삼키고

깊은 곳에 높은 성을 쌓고
보이지 않는 유리 벽 속에
갇힌 사랑을 사랑이라 말하네

이렇게 텅 빈
술집에 나 혼자서
포기하는 용기가 필요할까
지금처럼

첫사랑 나를 웃게 만든다

아름다운 시처럼 다가온 그대는
한 움큼의 행복과 웃음
한 잔에 담아서 너에게도 나에게도
살며시 전하는 삶 속에는

나처럼 너처럼 인생을 살아가는
이유가 되어 기억하고
삶이 지칠 때 반짝반짝 빛나는 시간은

삶의 시작점에서
나에게 선물한 세상 이야기들이
때로는 나를 웃게 만든다.

제목 : 첫사랑 나를 웃게 만든다
시낭송 : 박영애
스마트폰으로 QR 코드를 스캔하면
시낭송을 감상할 수 있습니다.

꽃동산에는

우리 만나서 무엇을 할 수 있으랴
너와 나
늘 함께 마주 앉아 놀던 꽃동산에는
바람이 전해주는 나보다 커진
느티나무가 미동도 없는데

초라한 그때의 감정들이 메말라
벗겨지지 않는
알 수 없는 흔적들이 남아 있네

하늘 바람꽃

몰래 한 사랑이
거침없이 두근거리는 이 마음
내 맘을 수놓은 하늘이

사랑하는 그대를
바람 부는 숲길로
그대를 따라가고

햇살 가득한 봄바람 때문이라 해도
그녀의 마음은
그저 웃음뿐이라네

오는 봄 가는 봄

당신은 어디에 있는지
진달래꽃 개나리꽃 흐드러진 꽃동산
나만 남겨두고 어디쯤 갔는지

노란 개나리가
너울 춤추는 어울림이
흔들리는 꽃잎 사이로 그대가 보이네요

나에게만 보여요
오는 봄 가는 봄
아쉬운 맘이어라

아침 이슬

쏟아지는 먹구름 위로
펼쳐진 삶의 여정을 간직하며

떨어지는 이슬방울 속에
곱게 가슴속에 담아있는데

어제처럼 방울방울
내리는 빗방울 파장 속에
나를 묻어두고 나를 찾지 마라

흔들리는 갈대처럼
흔들리고 흔들어도…

석양을 따라서

마음을 읽을 수 없다면
나의 애타는 사랑이 영글어 가기도 전에 사라져 버린 당신을
잃어버린 도시

당신의 날개를 달고
어디에 있는지 싸늘하게 식어버린 온기 석양을 따라서 걷고

가버린 사람
가버린 추억이라고 하지만
나의 가슴속 설움만 토해내고
당신의 그림자에 갇힌다

사랑이 저만큼 서성일 때

시간이 멈추는 곳에
사랑이라는 꽃으로 피어날까
고민하다가 열매를 맺을 수 있었다

피어나는 꽃을 따라
나비처럼 벌처럼
훨훨 날아 너에게로

축제하는 꽃잎 사이로
봉긋 사랑이 너에게로
먼 길을 마다치 않고 가겠다

내일이면 용기를 내어 볼까

사랑이라는 이름으로 온 너는
새로운 인연이 되어

서로에게 울타리가 되어줄 것이라는
생각을 공유하고 있는

얼굴 한번 본 적 없는데도 불구하고 사랑이라

푸른 소나무

소중한 인연의 친구들 사랑이
나를 위한 중심 삶이
무지개를 찾아서 꿈을 꾸고

아름다운 우리의 머물렀던 흔적들
행복한 시간을 보내고 한참을 지난 후에
다시 찾아가고 있는 모습을
담담하게 보고 있으려니

하루 속에 나는
어떤 모습으로 그대 앞에
예쁘게 피어볼까?

사랑이라는

아무도 알려주지 않은

사랑의 비밀을 알게 해

너는 아픈지 모르겠지만

누가 내 마음을 훔치고 있네

설레는 사랑 때문에

흔들리는 우정을 가지고 서

파도

밀려드는 파도처럼
파노라마가 온몸으로 스쳐 지나간
잊힌 기억의 퍼즐 맞히고

이별이라는 술에 취해서 시간을 건너서
그리움만 쌓이고
조용히 들려오는 바람 나를 깨우고

나도 모르게 눈물이 나
흐르는 눈물이 답하고 있다
잊어버리라고...

싱그러운 여름

풋풋한 싱그러움
그냥 말없이
너를 지켜보는데

스쳐 가는 바람에
병풍처럼 드리워진 나무
그늘을 찾아 설움으로 울어대는 매미가
짝을 찾아서 떠난 지금

그리움을 달래는 음악 소리에 숨죽이고
귀를 기울여야 들리는 소리
나를 부르고 있네요

똑같은 하루

똑똑 텅 빈 놀이터에서
이름 모를 소리
나를 깨우는 소리

새들이 노래를 부른다
흔들리는 나뭇가지에 앉아서 목청껏
듣는 이 없어도 노래를 부른다

토실토실 영글어가는
몰래 한 사랑이 떠나간 후에
어제인 듯 정든 임 소리인지
귓전에 맴돌다가 사라졌다

삶을 충실하게

풍요로운 삶을 충실하게
살아가는 방법
나에게 주문을 건다

사랑과 전쟁
시작이라는 문화 속으로 파고들었다
머뭇거릴 이유도 없는데

시간이 시소처럼
여기에 머물고 있을 때
나를 위해서 일어나자

사랑은 저만큼

사랑한다고 속삭이는 소리는
너에게로 들릴까 봐
세상 돌아가는 소리
삐걱 아침을 열고 있네요

산길을 걷다 보면
때로는 순정만화 주인공이 되어
살아가는 길에 갈구하는
마음이 애달프다

바닷가에 추억

폭풍 같은 파도 소리
갈매기가 울어대고 뱃고동 소리 따라 떠나간 당신의 발자국
걸음을 따라 옮긴다

임을 향한 성급한 나의 마음은
하얀 파도 속에 부서져
밀려드는 그리움

하얗게 쌓이고 싸여 있는
바닷가 희미한 기억 속에 지난날 남겨둔 너와 나의 사랑의
흔적들

비우고 바다로
하얗게 부서지는 파도
고래 아니면 문어에게 물어볼까

이를 악물고 있는 조가비를 타고
밀려오는 하얀 파도는 말이 없다

오늘도 난 이렇게 쓸쓸하게
바다로 떠나간 당신을
그리고 밀려드는 파도는
너와 나의 추억을 씹어 삼킨다

그리움

유유히 흐르는 구름 사이로
그리움은 쌓여 간다
아이처럼 반항하고 싶다면
나는 무엇을 해야 할지

이제는 그 설렘 통해
잠시나마 쉬었다가 가면서
지나가는 바람이 전해주는 소식들은
쓸쓸한 달빛 사랑을 나누고

시간을 건너서 가면
거기 어디쯤 종착역인가
그때는 무엇을 어떻게 하나...

꿈꾸는 DNA

전경자 시집

2021년 5월 6일 초판 1쇄
2021년 5월 10일 발행
지 은 이 : 전경자
펴 낸 이 : 김락호
디자인 편집 : 이은희
기 획 : 시사랑음악사랑
연 락 처 : 1899-1341
홈페이지 주소 : www.poemmusic.net
E-Mail : poemarts@hanmail.net

정가 : 10,000원
ISBN : 979-11-6284-277-5